炊烟与玫瑰

子民 著

长江出版传媒
长江文艺出版社

子 民

本名郭子民，重庆城口人。重庆市作家协会会员，中国诗歌学会会员。有诗歌、小说发表在《北京文学》《微型小说选刊》《诗潮》《大河诗歌》《散文诗》《诗歌周刊》《草地》等。

墓志铭

愚钝如我，不宜揣测天象，不宜出书。
这些都是给自己挖坑。
我用七零八碎的方块字垒砌隔世的巢穴，
确保通风，向阳，保留个性。
这是我的宫阙，届时往里一躺，
苍天和大地都写满诗行。
左边是遗骸的痛处，右边是命里的黄连，
中间是爱情的骨刺。我灵魂不死，
便会开花，长刺。

序　一

悬崖上一株钻天的苦楝树

渠　公

　　子民人前人后都称王老莽"师父"，说跟王老莽学写诗。在我看来，子民学不了王老莽，他倒应该以此为戒。齐白石训弟子的话也适用于他，"学我者生，似我者死"，此话可谓用心良苦，爱之深，望之切，有见于事先。借这句话，似有可能把难以说清的话讲出来，我试试。

　　子民和王老莽，同一方秦巴山水土养育，钟灵毓秀，两个秦巴汉子，诗情却大异其趣。王老莽愣头愣脑只看眼前巴掌大一片天，巴掌大的天他能看出七色缤纷，甚至巴掌大的天他也不多看便直启内心，凭空捏造一个生龙活虎热气腾腾的世界。王老莽的诗灵都是山精水怪。子民看天地却一瞬不眨，非要看到了然于心，仍不罢休，还想探头看明白更广大的世界，追逐底蕴，以此来作育他的诗境。子民的诗灵是当坊土地。王老莽六经注我，什么都没看明白就能说一番大道理，轻松愉快，其实就一个"我"字。子民我注六经，苦心孤诣，恨不能剖出肺肝，吐出的都是心头血，"我以我血荐轩辕"，他爱这个世界爱到忘我。王老莽满心满口都是"我"，子民着了魔地只求"真"。但说到底，两个秦巴汉子，秦巴山人那种执拗、偏锋、豪横，一样不缺，齐头并进。这样两个人，两种眼光，粗糙点说，一个浪漫主义一个现实主义，一个怎么跟另一个学？白居易能学李白吗？"同是天涯沦落人，相逢何必曾相识" 怎能从"白发三千丈，缘愁似个长" 中脱胎？王老莽是秦巴山春来漫山遍野耀眼的山花，子民是崖上一株钻天的苦楝树，孤独，笔挺，遍体鳞伤。

十年学诗，子民辑出他第一部自选诗集《炊烟与玫瑰》，意旨大约就是生活与诗了。我有些好奇，不知这两者如何并存。子民商之于我，我明白，他这是想停下脚步观照自己了，他想看清楚脚下走过的路。这当然很有必要，乐见其成。

我素来知道郭子民身上有深厚的秦巴底蕴，也不缺相应的情结和赤诚，这就是诗人气质，他是秦巴山选定的歌者。大山钟情于他，赋予他传奇身世，熔铸他丰饶的精神世界，正是"艰难困苦，玉汝于成" 的成长道路。认识郭子民的人无不心仪他的坦荡、从容、有度，谁能想象他少年经历的困苦？他没被赤贫压倒，没被饥寒挫败，成长起大山一样昂扬的灵魂，是因为上天为他经历的苦难设置了一个温床，一个丰沛的情感温床。即便啼饥号寒、衣不蔽体、食不果腹，他身边从不缺少温情，伴随他成长的爹娘兄嫂，一路给了他无尽的爱。作为家中的幺儿、幺弟，他有一个威权又墨翟一样擅长奇技淫巧的父亲，他有李白那样踏月骑龙的豪强大哥，他有包文正"嫂娘"一样的二嫂，他还有饥寒相依的五哥。今天，陪伴他一路走来的妻子，也渐渐显出从容、豁达、有担当、足以齐家的贤良仪态。大山的厚爱，大山的选择，他不能拒绝。

诗集第一辑（打断）"骨头连筋"，便是写给这些给了他成长乳汁的人——二嫂、父亲、大哥、五哥。他最看重的诗行：

二嫂（节录）

......

翡翠似的豆粒，看一眼就饱了

那些春天，经得起赞美

......

二嫂蓝，最美的蓝

我的两条腿，一条迈向大海

一条跨进蓝天

......

假若二嫂识文断字，那么

二哥用萝卜刻的章立刻会被识破

怕离婚而哭得死去活来的，就不是二嫂

······

父亲的遗像（节录）

疤子八叔一口价

将两包盐拍在我家饭桌上

兑换刚洗完三朝的我

他吃定了这场骨肉分离

面对母亲生下的第八张嘴

······

从我记事之初

父亲就是满头白发，背驼

他不照镜子，兀自老去

当我知道父亲老了的那天

他却一声不吭就走了

父亲从没年轻过

······

他埋下头，咬紧牙关

笃笃笃磕掉一锅烟灰

活像在发狠话：老子掉的肉

得加倍从你们身上长回来

确实，他用劳力、木工手艺

和起早贪黑，成功地

把九个孩子养到骨瘦如柴

……

大哥（节录）

大哥天天喝酒，天天麻

好比一截泡在酒中的虎骨，霸气悬浮

他紧握酒杯，握得越紧，抖得越凶

铁钳般的手钳不住眼前的风浪

大哥废话少说，赶紧一杯下肚

这杯中之物，表面镇静，暗中拱火

他看不穿这透明的囚，尿性得很

不断吆五喝六

那阵仗，仅凭江山几亩，宫廷几丈

就想在生产队建立"王朝"

他活在自己逼仄的豪情里

　　读这些诗句，我无法不立即陷入惊心动魄的现实人间困境。比较起这里的白描，那些古典、经典的诗句"去时里正与裹头，归来头白还戍边""可怜身上衣正单，心忧炭贱愿天寒"，显得过分雅驯，如此遥远，不可企及的锤炼。子民无所顾忌地超拔了，那种从心底发出的呐喊，直白无碍，冲决一切人设的诗律，豪横地宣称：人间就是诗，诗就是人间，人间以外没有诗。于是我明白了，我以为绝无共性的"炊烟与玫瑰"，真可以在子民的语境里共存。

诗集第四辑"弱水三千"和第五辑"绿肥红瘦"多是情诗。"弱水三千，取一瓢饮。"子民大多数情诗让人联想到鲁迅那首仿作打油诗《我的失恋》："我的所爱在豪家；想去寻她兮没有汽车，摇头无法泪如麻。爱人赠我玫瑰花；回她什么：赤练蛇。从此翻脸不理我，不知何故兮——由她去罢。"幸好，他有自知之明，爱情诗着力不多，除了《迷路》和《写给我的女人》。

写给我的女人

亲爱的
在我白头之前
在我老掉牙之前
在我能身体力行之前
好好爱你

亲爱的
在你白头之后

在你老掉牙之后

在你不能身体力行之后

好好爱你

但我以为这两首诗辑入第一辑"骨头连筋"更妥帖，也有一种血肉的撕扯。他的情诗不乏热烈，有重量，不同凡响，奇崛的形象来自秦巴山野不驯的山风，跨越了千百年卿卿我我，似乎更接近汉乐府："山无陵，江水为竭。冬雷震震，夏雨雪。天地合，乃敢与君绝"。它们一概缺乏那种你侬我侬、吟风弄月的咿呀之声，他丢不下秦巴苦难。过多的民瘼承载、群体经验、集体意识、文化积淀，溢出了情诗边界，少了自我。

"他乡故里"辑摹写秦巴山川风物，悲天悯人，更多的是游唱山河，流于风物，抒发情怀。"繁星点点"辑咏物、写景，需要指出的是他的写景、咏物也无不含蕴他对现实的观照，他对当坊土地的致敬。"历史之瞳"辑述史也是如此。"希望之星"辑咏孙子，游戏之作，字里行间仍然苦恼着。

读子民的诗是一种煎熬，忽冷忽热，频生无可奈何之感。精彩与平庸、神来之笔与墨猪杂糅不停转换。就像看人下棋，惊鸿一闪，吉光片羽，令人叫绝，接着就来一手臭棋篓子。无论怎么锤炼，依然如故。不是没有灵感，不是无病呻吟，不是抓不住意象，不是没有突破，更不是没有经验。读他的诗，妙处正要拍案叫绝，他可以马上泄气，来一个毫无意趣的散句，莫名其妙，粗疏得让人怀疑他的创作态度，让人怀疑他写着写着就睡着了——知道他是长年失眠的。他似乎差了一股一以贯之的文气。试读以下诗行：

冬水田格外冷静

用零摄氏度

封存山冈、草木、天空和冬阳

牯牛扛着枷，把父亲拖下水

父亲和牛，不掀大浪

一犁一铧，掩埋满田的萧索

翻新，耙平，挦根，敷好田坎

点燃一锅旱烟，父亲蹲在田坎上

像一只刚上岸的水鸟

陪着牯牛

反刍秋水长天

——《父亲的遗像》

大嫂被牯牛顶死

脾肾破裂，肝肠寸断

天地血红

大哥兜不住这绝命一击

手持板斧冲进牛圈
血债血偿天经地义
牯牛见了养它的人，把头伸过来
舔舐他持斧的手臂
大哥一斧剁进牛栏
斧头深陷，斧柄震颤
牯牛偏了一下头，一脸迷茫
又把头凑过来舔舐大哥的脸
大哥一把抓住牛角
失声痛喊：你这杀人不偿命的东西
——《大哥》

雄浑处何等磅礴！而纤细处不能胜一指。

我无意全面分析子民诗的语言及形式。郭子民是当代诗歌语境里成长起来的，当代中国文坛受冲击最大的无疑就是诗。叛逆之后“颠覆” 而非传承已经成为当代诗歌发展的动能。三坟五典、唐宗宋祖统统打倒，遑论自由诗？最形象的描述就是“长江后浪推前浪，前浪拍死在沙滩上”。一切都来得迅猛无俦，猝不及防。每一个后来者第一要务就是绝不踵迹前人，所有的因陈都必须踏在脚下才开篇。李泽厚苦恼之言“走自己的路，让别人去说吧” 竟然成了所有凡夫俗子轻飘飘的宣言，以至于当今已经没有一个人能判断什么不是诗了。人们敢于把所有的人间芜杂都写进诗歌,诗成了禅宗的"干屎橛"。当此,我还能有什么推崇,什么批评呢?我已经觍颜说得够多了。子民的诗,我不能确定的太多,留待他人吧。

愿子民借此观照自己,认清目标,走出属于自己的路来。这是我唯一能确定的。

渠公,本名王定天,重庆市文艺评论家协会原副主席,重庆文艺奖评委,享受国务院政府津贴专家。

序　二

石头开花

王老莽

我一直怂恿子民出诗集，说评奖、入中作协都需要。我相信他内心也是想出的，但他拖延至今。

子民叫我帮忙写个序，"属予作文以记之"。我说你找个大家写嘛，他说开不了口。这就是子民，我不能为难他。

但凡为人作序，总应就着文本说几点优劣，我不说。

能读你的诗一遍，是你朋友；能读你的诗两遍，是你哥们；能读你的诗三遍，是你铁哥们。诗集出来了，让朋友、哥们和铁哥们去读吧。一千个读者就有一千个哈姆雷特。

写诗不读诗已成为一种现象，你读我我才读你，礼尚往来。子民的诗是个例外，读他的人不少，而且越来越多，包括一些有影响的诗人。

子民的诗有生活性，也有"性"生活。分行间充满人性的光辉。文学是人学，人有喜怒哀乐，也有七情六欲，有情感，有本性。"文章先把它写好看，其他都随他去吧。" 子民的诗有意思也有意义，让人玩味，也让人深思。

诗当言真、扬善。子民的诗就是这样的诗。他从身边的人和事中选材，在自己的内心里裁剪，在自己的血液里过滤。里尔克在《给年轻诗人的信》中说："我们感受身体的快感并不是坏事；所不好的是：几乎一切人都错用了，浪费了这种经验，把它放在生活疲倦的地方当作刺激，当作疏散，而不当作向着顶点的聚精会神。"

子民笔下处处是故土的山水甚至烟火，小路甚至坟茔，牛羊甚至粪土，乡亲甚至仇人。读起来倍感亲切甚至疼痛。但他从不站在乡愁的制高点上。

是为序。

王老莽，中国作协会员，多次获重庆艺术奖。

吾师有言

一个人的名字，会直接签署他的命运，子民亦不例外。

由是，不论割草搂柴，喝酒打架，甚至耍女朋友，他有且只有从泥土出发，以百姓的视角和黎庶的方式，去观望，去打量，去揣摩，去体察，去傻整或者蛮搞，去深入而后浅出。以至于他为诗，也能且只能匍匐于地，摒弃飞天玄火的想象，抛却头晕目眩的词藻，紧紧抱住朴，牢牢守住拙，写牵他肠挂他肚的大巴山、大巴山里的村庄以及村庄里的亲人们。山水险峻，生活艰辛，命若琴弦，他不得不荒废抒情，偏爱叙事。有时，他的词尖锐如针，常常挑拨细节，让故事渗出血珠。有时，他的句沉如铁锤，猛地擂击心肺，令人疼痛到哑声。有时，他的诗就是一根牵来扯去的藤，顺藤摸到的，不是瓜，是乡村的眼泪，是乡村的心跳，是乡村那些鲜活且卑微的生命。

——冉仲景

子民的诗是真情之诗，真情是他写作的灵魂，是他语言的基础。他的诗从生活中来，思想朴素而真切，情感诚挚而醇厚，他以情行文，语言简约而生动，故能打动人心。子民的诗是疼痛之诗，生存的艰辛与困窘，人生的苦涩与悲哀，像针尖一样，刺痛我们；子民的诗是生命之诗，惊心动魄的瞬间，饱满凝重的细节，真实感人的叙述，呈现出生命的本真状态，让我们在惊讶与震动中，去领悟生命的真谛。

——唐力

　　子民是一位优秀的诗人，他对诗歌总是保持着谦逊和虔诚，在众多的场合，他总是那个认真的倾听者、内心的实践者。地域和日常是他诗歌不竭的资源，他主张"空间地域"与"心理时长"的交融，在地方视域中释放出"时代本相"。他对日常和无"诗意"场景的关注和重新发现，获得了自己的生存语境，形成了日常之外的精神意象和地方视域。

——姚彬

目　录

第三辑　历史之瞳

第四辑　弱水三千

第一辑

骨头连筋

二嫂（组诗）

1. 春天

豌豆花真美，像不知疲倦的紫蝴蝶
豆角也美，像绿色的小月。二嫂种了许多
可这些美好的事物
一装进我家的辞典，就成了饥荒
两个幼儿，两个师范生，五口之家
压在一个女人肩上，押在几亩薄地里
大米、腊肉、茶叶，都成了学费
豌豆胡豆成了主食，上顿下顿，今天明天
翡翠似的豆粒，看一眼就饱了
那些春天，经得起赞美

2. 分家

有什么好分的？十六张嘴，家徒四壁
分家就是分嘴。父亲下达圣旨
四哥分给三哥，小妹分给了大哥

老五不讨喜，随父亲

九岁的我，分给了新婚的二哥二嫂

还夹带一间土墙房、一片柴山

钦此

3. 当家裤子

二嫂没让我辍学。考上师范时

我的当家裤子补丁累累

半夜里，二嫂手中线，灯下密密缝

她拿出平时舍不得穿

赶场才穿的那条天蓝色的

侧腰开衩的裤子

缝合原来的衩口，另辟蹊径

从正裆处为长了脸的小叔重新

开辟一条男人的豁口

这条女式改男式的裤子

是我今生第一条没有补丁的裤子

二嫂蓝，最美的蓝

我的两条腿，一条迈向大海

一条跨进蓝天

4. 幸亏二嫂没读过书

幸亏二嫂没读过书

凭一身蛮力抚育两个幼崽

供两个师范生读书

一个是当民办教师的老公

一个是分家分来的小叔子

假若二嫂识文断字，那么

二哥用萝卜刻的章立刻会被识破

怕离婚而哭得死去活来的，就不是二嫂

倘若她精于算计，我就会

快速成为家里的一把好劳力

而不是一介书生

5. 还是春天

2003 年，正月初四

二嫂跪在床上，抽搐成一团

我攥住她的左手，春平攥着她的右手

颤抖、断裂，岩浆汹涌，江河奔流

我们想攥住这场山崩地裂

床单上生出一朵殷红的牡丹，硕大，温热

白血病为啥这么红？

生命如此壮丽，我有什么理由不泪流满面

6. 节气

春节、清明、七月半

二嫂走了二十年，都没能走出

活人用这些节气美化人设

用香蜡纸烛这些廉价的事物敷衍神灵

我每次来，都在你身旁站一会儿

听风，沐雨

借天蓝的巴山湖，照见自己

父亲的遗像（组诗）

1. 反悔

疤子八叔一口价

将两包盐拍在我家饭桌上

兑换刚洗完三朝的我

他吃定了这场骨肉分离

面对母亲生下的第八张嘴

木匠父亲奋力刨着木头

刨花如朵朵浪花翻滚

父亲的身板跟随双臂不停屈伸

似中流击水。他不知自己在抽刀断水

生活与亲情，他得屈服其一

儿哭，母哭，天也哭

父亲追上八叔，把我铆回他的臂弯

母亲每次提及此事，总要说起父亲的身世

他两岁时丧父

十三岁离开继父和母亲

自讨活路

2. 创意

父亲用边角料做成小木箱

钉上帆布条挎带

我们挎着这种新款书包上学

一副赤脚医生的派头

父亲再给我们每人发一块

推得两面溜光的杉木板

A 面写语文，B 面写算数

当我们把画满钩钩叉叉的木板

奏章般呈给父亲

他用余光批阅，钩喜叉怒

然后，不论对错

刨叶刀从作业面上轻轻掠过

木花浪卷，分数超度

为我们翻开新的一页

3. 手艺

除了木工，父亲还会刮漆，织篓

编草鞋，打蓑衣，筑土砌墙，打铁杀猪

甚至是上得了台面的厨子

从修房造屋到编席织篓

父亲押上所有的日月星辰

依旧餐餐称粮下锅

以致哥哥们四处提亲四处碰壁

父亲浑身的解数以及各种小算盘

招致很多戳背脊骨的指头

而且是，里应外合

4. 作案

在某个月黑风高的寒夜

家里一头即将出栏的商品猪惨遭暗算

看着被灌下阳尘水的猪蹬直四蹄

父亲坐在板凳上，长时间拧着眉头抽烟

像在为新的亡灵做一场功过

我不得不把有了肉吃的喜悦压一压

一脸菜色的队长被请到现场

父亲将一块淤血乌青的宝胁肉

敬奉给队长鉴定。队长提着的肉像办案的卷宗

父亲等他拍胸膛，以瘟猪结案

就不必上缴半边猪肉

多年后，商品猪成为历史

但这事儿依然像埋的一颗雷

谁都不敢触碰

5. 独立

从一个窝棚扎营，持续数十年扩建

父亲自己开山取石、打砖筑土、砌墙

盖瓦、立排列，搞房地产一条龙

土墙、川架、石墙，不同的主体烙出父亲年轮

当九个后人都上有片瓦下有立锥之地

父亲却坚决搞独立

他用纸板封起吊脚楼一角

吃住其中，他自给自足的日子

显示着浮夸的美好

可逼仄的空间

遮掩不了夜以继日的咳咳喘喘

6. 超速

父亲的衰老严重超速

油表红灯闪烁。他咳嗽日勤

每咳起一颗痰都如扯下一块心肺

他每次咳嗽，我都暗暗帮他使劲儿

总是在心到嗓子眼时功亏一篑

冬天，他整夜弓背跪在被子里

以膝抵胸缓解咳嗽

他的背越来越驼，以致

脊背成为他身体的制高点

头，再也无法高过他干活的木马

而我始终没去弄明白

令他低头的

究竟是什么

7. 回报

后来，父亲只能种点小菜

面对半桶清粪，他哈着腰扎起马步

两手抓住桶耳，摆八字步挪动粪桶

像两个摔跤的小矮人一路扭打

地心引力越来越大，他的头

无限趋近地面，再后来，容器变小，脊背更弯

他只能手脚触地

才能将一砂罐粪挪到菜地

夕阳的追光

照见卑贱而努力的挣扎

父亲用余额不足的老命浇出一畦好菜

我摘走新鲜蔬菜，给他留下一瓶

一分钱一粒的咳喘素

在他不停的咳嗽中

我发现了他正努力稳住的笑意

8. 漏洞

父亲，蹲在晚年的阶沿上

一动不动，像一把钝刀

他叼住烟枪，深呼吸

把叶子烟逼进肺叶

寂寞，从另一端冒出火花

偶尔，他长舒一口气

自焚的烟火画个圈，拴住一片空白

生活的漏洞

清晰可见

9. 幸福的伤口

风寒伤骨时

父亲剥回棕皮

撬制一双双棕袜子

这粗糙的温暖

愈合了我们的冻疮和皲口

在温暖里，我忽略了

刀伤累累的棕树

如何熬过数九寒天

如同忽略了

撑在苦寒中的父亲

10. 白头发

第一根白头发突破四十的禁区

这祸水不停地繁衍，扩张

拉拢眉毛胡子

占据首脑机关

白头发，逼我掐算光阴

四十六岁，面对霜鬓

一面镜子见证了五官崩溃

而父亲四十六岁时

我刚好降生

从我记事之初

父亲就是满头白发，背驼

他不照镜子，兀自老去

当我知道父亲老了的那天

他却一声不吭就走了

父亲从没年轻过

11. 手段

一家大小围着春荒

望一锅响水

灰儿坑的火苗饥肠辘辘

喉结蠕动，唆使目光向中看齐

吊罐里没有米香

父亲锁死眉头，似乎想起了往事

他埋下头，咬紧牙关

笃笃笃磕掉一锅烟灰

活像在发狠话：老子掉的肉

得加倍从你们身上长回来

确实，他用劳力、木工手艺

和起早贪黑，成功地

把九个孩子养到骨瘦如柴

12. 冬水田

冬水田格外冷静

用零摄氏度

封存山冈、草木、天空和冬阳

牯牛扛着枷，把父亲拖下水

父亲和牛，不掀大浪

一犁一铧，掩埋满田的萧索

翻新，耙平，挌根，敷好田坎

点燃一锅旱烟，父亲蹲在田坎上

像一只刚上岸的水鸟

陪着牯牛

反刍秋水长天

大哥（组诗）

1. 大哥的"王朝"

大哥天天喝酒，天天麻
好比一截泡在酒中的虎骨，霸气悬浮
他紧握酒杯，握得越紧，抖得越凶
铁钳般的手钳不住眼前的风浪
大哥废话少说，赶紧一杯下肚
这杯中之物，表面镇静，暗中拱火
他看不穿这透明的囚，尿性得很
不断吆五喝六
那阵仗，仅凭江山几亩，宫廷几丈
就想在生产队建立"王朝"
他活在自己逼仄的豪情里

2. 点化

儿子拧钢筋拧出了本田
大哥还像停不下来的陀螺

在庄稼地里自转

我点化他：换个花样活吧

你像一副磨子，周而复始地翻地，播种

施肥，收割。把一个甲子都磨完了

把背脊都磨弯了

泥巴垒上脖子还不消停

大哥一乐，反问道

你们体面的人

是不是喝风就能饱

3. 手心手背

大嫂被牯牛顶死

脾肾破裂，肝肠寸断

天地血红

大哥兜不住这绝命一击

手持板斧冲进牛圈

血债血偿天经地义

牯牛见了养它的人，把头伸过来

舔舐他持斧的手臂

大哥一斧剁进牛栏

斧头深陷，斧柄震颤

牯牛偏了一下头，一脸迷茫

又把头凑过来舔舐大哥的脸

大哥一把抓住牛角

失声痛喊：你这杀人不偿命的东西

4. 酒管我的命

大哥说酒管他的命

起床两瓶、下地带两瓶、中午两瓶

再带两瓶下地，晚上敞开喝

喝酒好哇！把这些寂寞、辛劳、内火

妄想和紧巴巴的日子

全部喝麻

这个家，只要有酒

就算不得空巢

5. 硬气

大哥不坐儿子的本田

背着手在公路上踱方步

他说，让老子腐化一回

龟儿子显摆一圈就走

老子还得脸朝黄土背朝天

这天生的贱命

不适合演戏

6. 皮影

大哥双脚蹬住地皮

拉开架势挖地

亢奋的阳光把大哥摁在地头

他挥舞锄头，像不停拉拽的皮影

羊角锄穿透影子

土地有血有肉

咔嚓之声，如筋骨断裂

可千疮百孔的影子

始终不见呻吟

大哥听不见背后的鼓锣催逼

7. 蜂王

大哥自封蜂王，坐北朝南

与蜂门的朝向相同。清晨

千军万马，粮草先行

暮色中，百万雄兵镇守营盘

大哥的心房，扇动着滔滔的翅膀

油菜花如金，梨花如雪

赤橙黄绿青蓝紫

有了这万顷的锦绣，即便严冬

生活也不会凋零

8. 致命一击

蜜蜂一生以守为攻

唯一的一次出击

必将毒刺连同一尾生肉

刺进大哥的肉体

大哥久久凝视这尾颤抖的带毒的生肉

叹一口气：小东西暴脾气

可惜了，还能打半个月的花呢

9. 信仰

大哥赤膊上阵

手持艾蒿，如奉香敬神

他在缭绕的烟雾里

取走一排列一排列的蜂蜜

谁动了我的奶酪

小蜜蜂绕着大哥发出愤怒的轰鸣

而对艾的信仰

又让它们成为顺民

10. 大哥的牯牛

大哥给牯牛梳毛，拍蚊

清水沐浴，奉以嫩草

犁田打耙回来

大哥端一碗苞谷酒

和牯牛你一口，我一口

一起傻乎乎买醉

水田征收，牯牛下岗

成了油光水滑的搁货

牛贩子从大哥手中接过鼻索

牯牛犟过头，看着大哥

大哥没去凑杀牛的热闹

他独自倒一碗苞谷酒

喝了半碗，往地上倒了半碗

11. 全剧终

李白醉酒捉月，大哥醉酒捉鱼

一条河为你醉生梦死

这个死法好啊

河水收容了灵魂

青山收容了肉身

之后，再醉里挑灯看剑

满眼便是水墨丹青

大哥把悲剧死出了喜色

第二辑

他乡故里

方斗村记（组诗）

1. 方斗

这口斗，青山镶四壁，田地做斗底
向苍天开口，盛五谷、风雨、鸟鸣
盛路过的日月，三五家烟村
盛祸福兴衰和生老病死
所有这些都一茬一茬地换
唯有满满的一斗乡愁
如铁打的营盘

2. 石板瓦

与方斗村屋顶的石板相比
秦砖汉瓦显然稚嫩，胚胎都算不上
这些古老的事物刚从山体剥离
还没学会弯曲，没学会过火
便学会了遮风挡雨
它们素面朝天，一片叠一片

一片挨一片。在房顶

布层层叠叠的浪，轻描淡写的云

偶尔也吐淡淡炊烟，挂串串雨帘

堆积深深浅浅的月色

这些坚硬的事物，冷不丁

就露出寸寸柔肠

3. 石头墙

方斗民居的墙体从基脚至垛子

一根笋的石头砌成

褐黄青灰橙铅紫

用石头缝成百家衣

这些初次出山的石头

愣头愣脑，三尖八角，偶有锋刃

砌匠是个优秀的组织者

将最光鲜平整的一面朝向观众

然后手持钝锤敲掉锋刃，填埋突兀

一堆性情各异的顽石便浑然一体

再选择合适的位置布置出气的窗口

这围城，便有了归宿感

有了过日子的意愿

4. 垛木房

垛木房的四壁都是原木砌成
从它们的年轮和肤色推算
要么是晚清的遗臣
要么是民国的乡丁
在新生活中掐头去尾
让它们相互咬合，叠加
形成一堵一堵的壁垒
偶有裂痕抑或间隙过大
和一把稀泥便堵住了风口
别小看这些躺平的木头
正是它们的顺从
成就了一些人的安居

5. 太平河

太平河从四坝三坝二坝流经头坝
连续几公里
在连成一块板的黑石皮上奔跑
河里少有石沙，无大起大落
适度的落差

拉出几公里的珍珠滩

沿岸而行，脚步随之轻快愉悦

生活的节奏

总会生长于某处山水

6. 松树林的老房子

排列，板壁，石板瓦

都是 50 年前的原装货

老房子与它 80 岁的主人李功全

都有老而弥坚的风格

老人说，修房子的木匠是黄溪人

名叫李成富。我的心被什么

拨了一下。李成富

得我父亲真传的大徒弟

想不到在父亲去世二十多年后

在离他 200 多里山路的方斗村

还潜伏着他的手艺

我伸手捂住一对松节眼

那太像一双眼睛了

亲切，沧桑，慈祥

7. 向日葵

四坝的向日葵从道路两边伸过头来
齐刷刷排成两行
躬身，低头，姿态整齐划一
像在接驾
谦卑得让人心疼
她们的花饼上结满了籽
是的，为了阳光和孩子
低头，真的无可厚非

西游散记（组诗）

1. 剑门关

做一次历史的替身

我在剑门关穿铠甲，执长戈，把持江山

得意忘形暴露了我的软肋

嗖嗖嗖，一阵冷箭

我的情欲、虚伪、野心全部失守

我，丢失了天下第一关

2. 麦积山

沙子信任风，说走一起走

花朵信任枝头，献出花期，诀别于凋零

麦积山，为 10632 尊石胎泥塑的菩萨提供居所

供奉千年香火

多么朴素而结实的信任啊

而我，我手捧心香

无处安放

3. 青海湖

在青海湖，我种青稞、油菜
种各色的野花和云朵
给大地铺上锦缎，七种颜色
你来的时候，风骨雪翅
天地间白衣如雪
红衣胜火

4. 青海湖受牧

我在青海湖受牧
牦牛、骏马、羊群、雄鹰和云朵
是我的主人
它们不驱赶我
用哞哞、哎哎、咩、啾
这些销魂的口哨引我走出误区
我低头吃草，不知云与我俱东

5. 青海湖湟鱼

在尕小公路的小溪里

从青海湖溯流至此的湟鱼

如同从大城市隐居山野

它们优雅、娴静、乐于清淡

和豢养之鱼一般不惧人类

这反而令我忧心忡忡

它们并不明白，某些优良的基因

正在丢失

6. 弱水

鹅毛浮不起，芦花定底沉

弱水三千，从神话里款款而来

从祁连山步入河西走廊

戈壁大漠，一段富饶的历史

误入的爱情也值得信赖

而弱水这条内陆河，终囿于苦海

7. 绿星星

紫菀、枸子、黑果枸杞、达尔文小檗

这些绿色星星闪烁在无垠的沙丘上

它们缩紧筋骨，把叶子、花朵和果实

全抽象成米，苦行僧一般

守着贫瘠、干旱、风沙

把欲望简化，成为荒漠的佛

8. 荒漠

水走失了，灵魂留给了沙子

风逃逸时，也把骨头留给了沙

这些原本沉重的事物

学会了流动和飞翔，也学会了扩张国土

我这厌世的人，丢失了楼兰，丢失了炊烟

只能在自己的荒漠里修行

9. 天空之镜

茶卡盐湖，蓝成忧郁的天空之镜

湖水苦咸，盐白得不像话

把偏执培育到极致，谓之美

水天一色，天地一片澄明

谁能分解这江湖的苦咸

不止西湖（组诗）

1. 锁澜桥

苏堤上的这座桥

摁住满满一湖悸动

这些碰了壁才回头的湖水

因此走投无路

浪起来的，成为别人的风景

而心中的浪头

早已决堤而去

2. 苏小小

苏小小把妙龄埋进苏堤

十九岁，刚刚好

花季封存

美，再也无法凋谢

小小秋瞳，送走孤山

文人骚客的诗词

都是唱给自己的挽歌

3. 地标

从苏堤走向白堤

像开历史的倒车

在古人面前，我刹了一脚

——苏小小、林逋、秋瑾……

这些地标

在岁月的低处、深处

保持着清醒的沉默

4. 雷峰塔

倒下的雷峰塔又重新站立

我不敢靠近

怕遇见青蛇闹出绯闻

怕遇见法海闹出人命

更怕像法海一样

因嫉妒而痛下杀手

却又装出一本正经

5. 苏州评弹

苏州人错点了鸳鸯

评和弹才得以同台

恰似弹三弦的男人

与抱琵琶的女子同台

三弦与四弦此起彼伏

我不停地在三与四之间切换

脑子里的那根弦

始终绷着

6. 东方明珠

在东方明珠塔顶

有俯瞰上海中心大厦的感觉

知己知彼的高度

在 351 米与 632 米之间

我想坐实这种错觉

生活豢养出的老毛病

偶尔复发，却防不胜防

放牧女儿国（组诗）

1. 湛蓝的童话

水天一色，夹住斑驳的群山
如一块巨大的比萨
包裹着一个女儿国
天下湛蓝，爱情湛蓝
谁忍对一个湛蓝的童话下口

2. 走婚桥

走婚桥像个骗局
再次让我扑空
这儿只走，不婚
连片的芦苇被桥身一分为二
右低左高，像一面斜举的白旗
旨在证明
在新一轮骗局中
还会有谁为爱投降

3. 女神码头

环湖，女神山最高
环天之下，女神最高
里格码头扁舟竞发
追逐的海鸥，尚不知自己也是卖点
只有摆渡人才知道
起点即是终点

4. 情人滩

在情人滩
一对对身着青衣的水鸭
不分老幼，皆白了头
来此挂靠爱情的人们
找实了借口
而白着头到老的
都是水鸭

我的村子（组诗）

1

村里的路被指定，失去柔软

村子像小媳妇缠了脚

儿时，脚就是放开走的路

而今，炊烟窒息，故事被填埋

脚难以抵达老屋

经年之后，面对这片山水

只怕找不到回村的路

2

让村子活下去

我想修复沧海桑田

可人非，物也不是

熟悉的面孔越来越少

熟悉的坟茔越来越多

背负的黄土越来越重

令我惊恐的是

已有小辈悄然入列

3

老家，是老了可回的家

二哥三哥四哥已回到老屋

重新爱上粪土，锄头复活

种土豆、玉米，种瓜瓜小菜

捡回拼命背弃的部分

村子得以延续

我名下也有一片柴山

像安插的钉子户

这儿草木葱茏，随意开花、长刺

管它藤缠树还是树缠藤

而大哥和老五的名下

只剩下三尺墓碑

4

我的村子在一步步被吞噬

犁头、石磨、蓑衣、石墙、青瓦

以及袅袅炊烟

这些沉默的事物和与此关联的部分
正加速消弭
每一座山都被结实的公路五花大绑
原乡皮开肉绽
我，一个叛逃者
只能龟缩在童年的村子里

5

我死后，请把我埋进我名下的柴山
毕竟大地温暖
一抔黄土，足以抵挡世间苦寒
无须祭拜，也不必抱愧
你看，村子里没有红幡，没有高香
古树、灵石、庙宇，所有的赐福者
都失去了信任

6

谁才是村子真正的子民
我只是个赝品
不种地，不栽花，也不栽刺
不五体投地，不举头三尺

村子的年轮变形

与我内心的图腾如此背离

母与子即将互不相认

7

祖祖辈辈的春秋证实

村子里挖不出金娃娃

土地辜负了劳力，劳力离家出走

南下北上西进东出

空巢，留守，光棍群

穷不过五服呵

提及再下一代

我立即捂住了这张臭嘴

8

庄稼汉死了

土地失去了知音，高山流水自暴自弃

越来越敏感的一弯白月

被一粒石子打碎

不失去，怎能谓之乡愁

失去得那么具体

具体到名词、代词、动词
又失去得那么空洞
让我无法准确地喊出一个
迷失的小名

海门（组诗）

1. 海门·亲

昨日，我居长江头
今到长江尾，造访海门
江海之门必然是高门大户
造访就是顺应潮流
在海门
我认出了脚下的这粒沙
江中的这滴水
都是来自我家乡的孩子
抑或是我的血亲，但我不便相认
因为我不能确认
背井离乡太久的孩子是否还愿意
逆流而上认祖归宗

2. 海门·刺

我不确定是来自哪里的鱼

用哪一根刺卡住了我的喉咙

我甚至不知道它的品种和咸淡

令我如鲠在喉的，显然不是这些

要怪就怪自己

贸然下口

3. 海门·家

海门人自豪地讲述张謇

讲述围海造田

他们美丽的家园令我向往

也令我追思滩涂上的虾

蟹、鸥、鹭……

4. 海门·气

胸藏万汇，正道直行

海门一中好大的口气

我所感动的，是海门一中

敢喊敢为

而我，连喊的勇气

也丧失殆尽

5. 全季酒店·睡

睡在全季酒店
就睡在了杭州的水口上
萧山机场里每一次起飞和着陆
都贯穿我的脑回线
于是乎，我着黄马甲
踏弓字步，挥小黄旗，通宵领航
领航的身份
让我忽略了枕侧相交的高速上
数以万计奔忙的车辆

龙脊梯田 （组诗）

1

龙脊梯田圈养在群山之间
在元朝，在陡峭的山坡上
开凿这漫山的梯田
必定与一场战争有关
与一次生死存亡的退守有关
先民们身体力行，开山造田
只为告诉世人，什么叫食为天
什么叫南泥湾
什么叫龙脊

2

从河谷至山顶
每一弯稻田都有一片属于自己的阳光
和一弯新月
每一根田埂都是古老的琴弦

每一线流水都是熟悉的乡音
每一只蛙，都明确自己的音阶
唐宋元明清，不同的喉舌
演奏这曲高山流水，所觅的
乃是生计

3

横妻逆子旱塝田
男人最棘手的这三件事
之于龙脊的男人
七百年，只需专注于旱塝田
就能集此大成，或在于
妻不横
且子不逆

4

飞檐、吊楼、木窗格
这些龙脊寨子
建在贫瘠陡峻的荒坡
他们喜欢陡峭，并非安贫乐道
而是以身作则

欲镇住这贫瘠和险峻

把省下的每一锄熟地

每一处平坦

都留给五谷

留给后世

5

至十月，稻子熟了

整个龙脊金色漫卷

山川富丽堂皇

在这空前的盛况下

必须确保每一株稻穗

都保持谦卑的姿态

弯腰，低头

南昌小记（组诗）

1. 直抵南昌

从重庆到南昌
天空被乡愁拓宽
我乘云朵而来
顺便给洪都带一片雨
放在赣江里养浪花和涛声
也养星星
这些古老的生物
满含童真

2. 开小差

赣江开了个小差
生出九龙湖
彭绪贵和叶发军开小差
在九龙湖边拈花惹草
石南、冬青、海边月见草

从两个男人心里抽出枝条

长出蕾

这种胎中带来的喜好

迁移到这些细小的事物上

显得雅致了

他哥俩更适合去邻近景区

——生米街

3. 赣人固执

赣人固执，孤僻

同住一栋楼里的王勃、曾几

黄庭坚，以及几十个文武状元

这些大腕，互不串门

这大概与水土有关

譬如我

也习惯在赣江边

形单影只

4. 滕王阁

在二十多次毁建之间

滕王阁越活越年轻

但在身高上已不复当年

望长安于日下

目吴会于云间

像个谎言

在新楼盘的阴影下

它也活得不容易

散打成都（组诗）

1. 春熙路

在春熙路打望
鼠目寸光，看不穿百年时尚
铜像里的光阴没有出口
只有英雄落寞，美人作土
今天的瞳孔趋于实惠
快餐桃红粉面，玉腿蛮腰
以及放肆的妖娆
多年之后，风景依旧在
后生老矣，尚能打望否

2. 宽窄巷子

宽和窄有什么好计较的
不过都是胡同
胡同里修炼的是进退自如
而非另辟蹊径

只要窄处往宽处想

就没有死胡同

3. 武侯祠

武侯祠里小小的秦砖汉瓦

简直小题大做

居然刻上泥瓦匠的名字

从彩虹桥到白河桥

几十座桥梁的废墟中

何曾翻到一页旧账

恰是那劈头的一刀

硬生生逼出个

名垂千古

土城（组诗）

1. 水

五行中不再缺水

小溪生于东门

穿越秦砖汉瓦，带着

盛唐的弦音，在县府门前

回旋一池清水，蓝天倒映

舒缓的日子

水到渠成

2. 酒神居

灯笼红润而通透

照亮古人的廊檐

把小老百姓的幸福

摁进一段历史

酒神居的幌子略带醉意

烟柳画桥

一副不醉不休的样子

3. 五行

在土城的寓意里
土居中，民心便居中
五行缺水，于是
东门引水，润泽民生
五行圆满，土城
就有了新的格局

4. 东门梯子

从东门梯子拾级而上
得有仪式感
每向上跨一步
担子就重一分
每一个登顶的人
不但要有好脚力，还应有
虔诚之心

问山 (组诗)

1. 问山

一句话，留下一个女人
文波书记说：在山里做什么
该做不该做，得问山
这句话，让山东女人宋娜
留在松柏村振兴
谁留下宋娜
宋娜为谁而留下
我不敢妄议。但我能确认
留下的人，一定是
问过山的

2. 退守

这些年，宋娜在松柏村的火塘
川架、土墙、泥瓦，以及
烟熏火炕的篾巴篓里

捋出松柏的家谱

她说：振兴松柏要以退为进

回到柴米油盐，回到鸡毛蒜皮

回到乡愁，只有回到松柏的灵魂深处

我们才守得住欲望

守得住山

3．祭山

祭山和祭祖，规格相同

七月初七，法国人文森

和松柏村的邹漆匠

在进山割漆之前

焚香，烧纸，磕头

祷告时，文森嘀咕了一句

老邹说：你这话我没听懂

我怕山也听不懂

文森用夹生的城口话反问：山

把女儿都嫁给了我

还听不懂我想说什么？文森的舌头

裹满了得意儿

老邹笑道：只要是人话

山，都听得懂

4. 凡胎

洋漆匠文森

给杂木、牛皮、麻袋，这些寻常之物

刮灰，抛光，水磨，上漆

贴金，描绘，镶嵌

先秦古币，东周大旗，将士甲胄

在漆里复活

凡胎有灵，便可以在历史上

烙下新的胎记

5. 时评

经邹漆匠改进的漆钉

钉孔极小

他说：钉孔越小

给漆树留下的伤疤就越小

每次割漆，他都会摸着伤疤

告诫自己，刀口要小

顶上留足三把头

割一次，养四年。割漆也是啃老

啃得越深，树

死得越快

6. 角色

被日本漆界奉为名媛的大木漆
是松柏村的孩子
而在松柏，她并非名门望族
把持门楼椽檩、盆桶桌凳显赫岗位的
乃松杉柏木
大木漆，只用元浆
为他人作嫁衣
风雨中，大木漆的刀口
如微笑的嘴角

7. 躲招树

松柏村顶端的那棵漆树
不像其他族类遭受千刀万剐
腰背挺拔，无一处刀伤
只要漆刀一动
她就喇喇地落叶
即便割开，也拒绝流漆
原本枝繁叶茂

陡然装死

老漆匠说，这是躲招树

是树神，是紧急避险

树的进化论，除了通人性

还有依法维权

8. 问山书房

问山书房在松柏的最高处

木楼青瓦，窗含群岭

汇高山清泉养星光点点

远山含翠系山岚一袭

抚古琴拨响一片鸟鸣

点蜂蜡，捧旧书照见古今

宋娜，在问山书房

打开了一扇天窗

9. 蓉姑娘的小木屋

蓉姑娘的小木屋外

一圈篱笆就是一份契约

篱笆里的炊烟、雪花、冬阳

以及满院的石子，蓉姑娘做主

任意分享，愿许配给谁就给谁
篱笆外的稻香、鸟鸣
彩叶以及月色
天地做主，漏进来的
都心怀感恩

10. 雪镇草莓

雪花，一片埋一片
埋住木屋、山坡、风沙和繁忙
松柏村成为安静的雪酥
蓉姑娘把一碟草莓放进雪里
这雪镇的红唇，等到春风化雨
我为你开箱松柏的童话
泉水、炊烟、情话和所有的乡情
都脆生生的

致七彩丹霞（组诗）

1

丹霞，你这张掖的头牌

美幻的名字

不像河西走廊上的地标

丹和霞，乃前朝出使西域的姊妹

喊一声，嗓子里溢满大唐的丰腴

罗裙迷幻，襟飘带舞

笙歌向北，美人请留步

前行，不再是长安的鼓点

我本落魄之君，身陷这成堆的脂粉

色心不改，笑纳的回执已发往前朝

美人好福气！遇上过气的君王

不爱江山爱美人

2

被北国的姿色掳掠

我丢失了南国的春梦

丹霞，你是我偏西的五国城

帝王与囚徒，都身怀绝技

我笔锋陡峭，诗意缠绵，不服驾驭

而今，我甘愿做你的囚徒

在此放牧骆驼、黄沙、云朵

和不死之心

3

我是执着的傻子

内心焦渴，喜欢常年高挑的日头

我拒绝泛黄的道貌，失去等待的耐心

丹霞，烈日让你常新

万里长风，吹皱你的罗裙

我为你养了一滴泪

让浩瀚的荒漠发出绵延的涛声

4

丹霞，我是买醉的人

山河晃荡，胭脂佐酒

我这文字的破落户，赶着摇摇晃晃的驼队

去西域贩卖诗人

你看，遮天蔽日的色彩

旌旗浩荡，赞歌磅礴

所有的过剩都是一枚草标

丹霞，今夜我在此打尖

行囊羞涩，这些草包

你随意挑

5

丹霞，是谁摁住了你这飞翔之物

天际因此失守，雄鹰成为难民

锦缎的色彩，土石的肉身

只有最坏的心眼

才想得出如此组矛盾的联姻

烈火熊熊，肉体正经受炙烤

任他疼痛，脆裂，落日熔金

丹霞，挺住！不见錾子

绝不冒火星

6

丹霞，你卸却外衣

胴体坦诚

我不再草木皆兵

苍天会宽恕一个傻子

面对血淋淋的土地

深情地打胡乱说

五月，黄安坝（组诗）

1. 迟到

春天爬上黄安坝的枝头
已是五月中旬
为弥补因高度耽误的行程
所有的草木都收紧内心
绝不铺张春色
她们把嫩芽抽成精致的花
而真正的花，更加素淡稀缺
我所看见的高度
那么细小，那么缓慢

2. 落日

晚，七点二十分
落日还在黄安坝的山峦上逗留
不甘心的夕阳英雄迟暮
我真正地发现

不是这美好的晚景

而是这些被夕阳抚摸的山峦

3. 篝火

黑暗给了篝火艳丽的身姿

她像个疯婆娘

用浑身的火星子

引来一大群男女跳兔子舞

夜色包庇着好春色

他们有离天最近的快乐

而我，有离火热最远的相思

4. 烤羊

我认识烤架上这只羊

今天中午，它还翘起上唇

露出红牙根，追求过一只母羊

此时，已烤熟，上架

金黄油亮的肌肉拉伸出健美的线条

在动刀之前，我推敲起它的八字

金克木，木生火，此羊木命

即便头上长角

也拗不过刀俎，免不了

刀下用

5. 野草

垄断黄安坝顶端的

是这些看似卑微的野草

它们姿态谦卑，面容清瘦

骨节里有苦寒滋味

而我因此忽略了

隐藏在表层之下，相互牵连

密不可分的庞大根系

6. 乌鸦

黄安坝的乌鸦不再热衷于预言

它们步态从容，举止斯文

从不大声喧哗。食腐者显得多么绅士

它们有理由证明

某些悲剧并非因为那张乌鸦嘴

而某些悲剧

正因为那张乌鸦嘴

7. 高处黄安

公路像一根救生索

从低处，将我拉上云端

急风中的野草脚步凌乱

节奏浩荡，波音绵延

而野花们，以挑的手法

挑开一小朵一小朵赤橙黄绿的阳光

这是海拔升至 2500 米的黄安

来到最高处，叶是花，刺也是花

如同雾气拥有了高度，就是云朵

天地之间啊，众生繁茂

唯我荒芜，一截光秃的树干

所标明的风向

指向误区

村　口

村口，举着独臂的老树
还站得很稳
为一只鸟的失约
他已站了一生

一只蚂蚁，横刀立马
不准我打扰一粒种子破土的声音
我一声咳嗽，它瞅我一眼
显然，没听出我的乡音

牵着老头回家的牛
领着蹦跶的牛犊，这三口之家
生成垭口最美的风景

蓝天召唤几缕炊烟
炊烟犹豫不定

老家老了

老家老了

成了时光中的浮雕。老到

川架倾斜、泥灰脱落

老到瓦烂橡子稀

老到眼神空蒙，结网罗雀

屋后，父母坟头的张望

支撑老屋的脊梁

老屋，斜倚夕阳

呼唤：兴娃小娃咪娃纠娃

还有最小的菜圪苑。一连串乳名

被你一声声喊大

无论衣锦还乡，还是无颜面对

老家，都是我的脸面

有一千个理由离开

只一个理由回来

开怀的村子

村子，是一枚开怀的子宫
不要相信六根清净的谣言
村子里那么多花香
那么多鸟语，那么多的活色生香
谷子扬花，苞谷披红
翻窝的小母猪，走草的狗
嚎春的猫和打蛋的鸡
那么多的爱情在肆无忌惮地生长
卑微的爱情写不进诗歌
唯有粗笨的农妇把牲畜们的爱情
侍弄成生活

躲在历史背后的村子

梅家岭，躲在历史的背后

祖祖辈辈没生出个将相王侯

郭子兴虽然名头很响

可惜他跟朱元璋没有一点瓜葛

写不进明史。其余的

都是挖泥拌土的小人物

不怪历史偏心眼，村子里

没有人在意能成就历史

哪家祖坟里也没挖出青铜和陶瓷

谱书里也没翻出名流显贵

成王和败寇，都不屑为我的村子打得头破血流

但村子一样繁衍生息

一样在刀耕火种中摸爬滚打

一背太阳一背雨，书写着历史

而历史，并不记得他们

梅家岭宽容厚道

世代耕织着孝顺、仁爱，承受贫穷和苦难

用浑朴的性情过滤化肥、农药，以及人渣

一次次透析清冽的溪水

甜润的空气和澄澈的阳光

为我的村子写一页历史

只一页，在这一页里

写下山林、田地、小桥流水，以及婚丧嫁娶

写我的父母、父母的父母

被生活压弯腰的驼背，和撩起衣襟喂奶的妇人

将这页历史粘贴在梅家岭的天空

只要是梅家岭的骨血

无论生，无论死

都只能仰望

第三辑

历史之瞳

城万红军永垂不朽（组诗）

——纪念红军长征胜利 80 周年

1. 八台山兵坟

八台山下，荒冢乱石

掩埋着 1930 年的一场短兵相接

城万红军的英魂

躺进故土

腿脚、双手、躯干和头颅

残缺凌乱

他们生前有更为凌乱的背景

这无碑无文的兵坟

如飞沙走石的八阵图

唯有灵魂，一溜朝向太阳

而今，龙骨石上硝烟散尽

阳光雨露，给龙骨穿上柔软的地衣

像战士们生前的战袍

花朵，在不同季节轮流绽放

因为花草的根部

有血肉的底肥

2. 庞家院子

庞家院子倚八台傍柳河

刚柔相济。城万红军指挥部

以及四县行动委员会

落户庞家院子，落户于地利人和

运筹帷幄的人，把茅屋里的星星之火

燎原巴山蜀水

地坝里，曾肩扛哨兵的皂荚树年事已高

把一段历史尽收眼底：

两千名城万红军的血肉之躯，永远屹立在

一座丰碑的底座

回望野人山（组诗）

1

野人山在西，故国在东
夹在其中的一段历史，像叙述的表亲
远征军不知道自己将成为历史
否则。便不会
从绝路走向绝境

2

野人山是惹不起的霸王
汽车、大炮被拒之门外
各种辎重，以及一千余重伤的兄弟
像买路钱被留下
被一个"野"字报废的汽车
汽油便有了新的功用
想提前回家的英雄给自己的残体
火上浇油

完成涅槃

3

这口天然的陷阱证明

世上本没有路，走的人再多

依然无路可走

蚂蟥、蚂蚁、洪水、瘴气、疟疾……

命债累累

我欲扣动扳机

却不知，向谁瞄准

野人山草木皆兵

4

死的人多了

命便成为很轻的话题

命与命令之间，也经不起推敲

军令如山倒，一语成谶

真如山倒。野人山嫁祸于人

远征的将士，这些外来的物种

难道只有先埋进黄土

才能获得重生

5

70 多年过去

上天依然没有勇气打开全部的真相

野人山的草木，还噙满泪水

绿色的机体依然淌着红色的血浆

带刺，开花

显得像历史一样复杂

6

野人山的枯叶满含善意

横卧的枪身，长出羞涩的蘑菇

锈蚀的子弹，投胎为绿斑甲虫

谁指使风，从枪管里吹出幽怨的箫声

聆听的数万骸骨

还保持着牺牲前的坐姿

他们相依相偎，头朝东的

遥望家乡，朝西的

回望战场

这些抱团的白骨

都伸着笔直的脊背

7

孙立人拒绝拿兄弟的性命

给野人山交投名状

他闯灭军令的红灯

突然在野人山下掉头，逆向行驶

破网之鱼何惧生死

拉网的鬼子措手不及

命运为勇敢者打开绿灯

18 天后，新 38 军与盟军会师印度

不仅留下了反攻的种子

还给杜军长补了一课

——向死而生

秦兵马俑小记（组诗）

1

皇帝早已腐朽

坑中的万马千军

在黑暗里不知疲倦

依然保持着威武的站姿

和两千年前的表情

这些坚守阴曹地府的兵马

从古至今，也许没看清真正的敌人

他们严阵以待的

到底是关外的夷狄

还是那道圣旨

2

被坑的兵俑

领旨那一刻便失去了日月和心跳

这些泥巴本可以生根发芽

开花结果，但初衷被篡改

伴君，伴虎，成为祭品

成为主动的囚徒

3

秦始皇未能如期检阅自己的俑兵

满脸肃杀的兵马

以及前来捧场的子孙

都未挑出混迹观瞻的夷狄

守护的，或许只是一种姿态

4

八千多兵马俑

在历史的碾压下全军覆没

全身而退的这名跪射俑

须眉，指甲，铠甲上的陶彩

完好得令人称奇

可他竟然手无寸铁

他的跪姿，蕴含着他御敌的战术

和人生策略

5

兵俑的身形、五官、表情
暴露了他们的籍贯
这些来自五湖四海的人
以不同的眉目
掩盖着，一颗相同的脑仁

6

秦始皇来世的龙辇完美无瑕
华盖还在，骏马还在，车夫也在
为何随从无影无踪
或许，历史的舞台
容不下那么多的前呼后拥

第四辑

弱水三千

写给我的女人

亲爱的
在我白头之前
在我老掉牙之前
在我能身体力行之前
好好爱你

亲爱的
在你白头之后
在你老掉牙之后
在你不能身体力行之后
好好爱你

殉情的野麻鸭

野麻鸭的着装和步态

像我朴素的乡亲

这些生活在高海拔的鸟儿心性圣洁

一只失去爱偶的野麻鸭

止住了悲鸣

它衔一颗尽可能大的石子

伸直脖颈，身体高速旋转

这绝命的芭蕾，止步于高潮

脖颈前端的石子

像加满速度却不脱手的链球

它知道惯性是致命的

该放手时不放手也是致命的

惯性拧断了脖子

殉情得逞

我所敬仰的爱情，复制过来

也许是祸不单行

病

病从三月开始，处方上写着春风

花蕾和蜜语，文火煎服。我相信了春天

在海枯石烂的一段插曲中

入戏，饮鸩，铁树开花

切，磋，琢，磨，耕耘不舍昼夜

青云寨的山风恣意汪洋

湫池被喘息承包

神田草场的月色放浪

所有的记忆都满含墨香

把自己导演失控

沉迷、疯狂、转身、滴血、回头

病，多么真切

失效的情书釜底抽薪

病灶转移，伊甸园秋风萧瑟

我丢掉了春天

诗意、胆汁和血脉一起枯竭

内脏撕裂，有滂沱的哭声

能承受内伤和枯荣的

倒下了也是风景

到死，不对爱拔刀

一只蛐蛐的情人节

这家伙一定早有预谋

日头还在，便占据老婆的梳妆台

此时，它唱腔花哨，匍匐前胸

屁股高翘振动双翅，后腿横移着碎步

绕着脑袋画圈，像一位爱情导师

这确实值得惊喜

我家的台面，比泥穴草坪富丽堂皇

兼有香水、面膜、化妆品

这些爱情的筹码不需自掏腰包

晚十一点，灯火隐退

鹊桥上的仪式转入幕后

唱腔开始焦躁、哀怨

它不再画圈，尾部沉重着陆

两只前脚不停地原地踏步，仰天呼唤

凌晨三点五十，带哭腔，阴一声阳一声地

神光褪尽，眼神凄楚，像背井离乡的难民

我把它捧上阳台，面向草丛泥穴

并叮嘱了一句：崽儿

再华丽的平台，也抵不过

糟糠之妻

关东古巷

青砖褐顶，关东古巷一脸严肃

把欧式的脸谱，搁进

零摄氏度的北风

硝烟成为历史，四门紧闭

关住冬天

红衣紫伞的女子，独步空巷

民国已经打烊

巴洛克书坊合上爱情经典

紫伞沥干了雨声

这孤独的药引

温暖着远在南国的书生

五甲寨

五甲寨应该属于战场

应该有血肉冲突

守城的人还坚守着春天

草木汁液充盈

探出宫口的小芽梨花带雨

入侵者卸却披挂，手执长戈

破门就斩获一声——哎哟

雄心憋足了痛快

迎着堡垒迭次冲杀，在忘我中现出原形

谁不想开疆拓土君临天下

种上自己的臣民

入侵者孤军深入，被你略施小计

战场上顿时河翻水涨，淹我七军

你两岸点火，烧我连营

五甲寨的战火焚毁了整个春天

把一场双赢

演绎得死去活来

木碓窝的情诗

我是一截掏空了心肺的木头

内心温润如玉

行云流水的年轮

为你描绘了一幅江南烟雨

来我的怀里

一杵接一杵，剥落你的外衣

你白净饱满的身子

体香四溢

米啊！这场仪式之后

你青涩的年代

再也回不去

渡　口

七夕，是必经的渡口

今夜已没有偷渡的舢板

一场盛大的庆典正在走过场

前来凭吊的、偷渡的、翻船的

钓鱼的、说风凉话的情种

都心怀叵测。其余的

全站在黄鹤楼上

看鸠占鹊巢

阳光之上

面对上苍

阳光将你打开

浓墨、重彩，以及诗意的留白

多么生动的秀美河山

峰峦、沟谷、湿地

再加上一马平川

这是一头雄狮的营盘

雄狮的情歌，一声接一声

地动山摇

大地因此复苏

每一寸土地，每一个细胞

都灌浆充血

雨后的春笋朝向太阳

第五辑

绿肥红瘦

花开高处（组诗）

1. 光头山的花

她们不是光头山的土著

她们有温润肥沃的祖籍

有身姿丰腴体香袭人的前世

来到这里，是征伐，也是退守

在退无可退之时

便收紧身子，开小朵的花

并把花香，隐于骨头

2. 椭圆叶花锚

蓝天如海，光头山像一列旗舰

吃水很深。舰上如锚的紫色小花

葵花籽一样小

她们能锚住什么？

锚住动荡，锚住花边，锚住命？

起航的笛声已经吹响

我紧含镇静的花药

等待一场苦寒的埋葬

3. 蝇子草

她是百合中的赵飞燕

身姿轻盈，叶如松针，养瘦小的花

是形色把她错当成了蝇子草

为何称之为草而非花

还配上令人厌烦的前缀

我管不了这么多

我喜欢她的白脸颊和小雀斑

我愿和蝇子臭味相投

4. 光头山的月亮

我陷入光头山的夜

像陷入一锅漆黑的粥

与我一起身陷其中的

还有光头山上的月亮

我们面对面，朝着相反的方向陷落

月亮越陷越亮

而我，越陷越黑

5. 迷路

在光头山的丛林，我们走丢了北
有路，是花草的，是鸟兽的、虫子的
我们上不了道
但我们认定生死相随
此时，必须换一副心胸
共死，显然不是好的选择
但埋骨此山，并不恐惧
不会出来吓人
就像这花草落叶
她们的骸骨，如此柔软、亲切

6. 悬崖上的白杜鹃

经历怎样的夹击
才使她退于绝壁
失血的脸，紧贴坚硬的国土
营救荒芜
小小的身板，为祖国的春天
烙上一枚孤独的水印

7. 野蔷薇

这些高寒地带的野蔷薇

失去了攀爬的高枝和寄居的藩篱

已经习惯于紧贴故土

以匍匐的姿态高扬头颅

一边开花

一边长刺

8. 无名花

不知因何失去姓氏

像我古老的母亲

这株花，花茎裂开

花蕾从茎中拱出，宫口大开

脐血鲜艳，似有流动的声响

分娩就应面对苍天

无须掩饰，而且必须喊出

母亲极致的疼痛和快乐

9. 仙人掌

我爱上了焦渴

爱上生长着的欲望

在大漠之上站得太久

我渴望一场小雨

携带秦淮河的体香。让那位

唱后庭花的商女，走进我的雨巷

太阳自以为是，热烈怎能没有止境

学会用锋芒封锁自己

抵御强加给我的体温

封存内部的似水柔情，滋养自己

养到绿肥红也不瘦，再为你

开妖艳的花，而且让她开一天就谢

让你心疼到死

关于海（组诗）

1. 浪花

那些跳得高的水
精于内卷
善于背叛，也易于崩溃

2. 海滩上的沙子

这些沙子
被陆地拒绝，被海拒绝
流浪到此，进退两难
它们是散了架的山脉
是脱了皮的顽石
将高度归零
将轰轰烈烈的历史归零
收敛锋芒，削减自重，变轻
变得细腻柔和。不再养虎
改养虾、蟹、红虫

但我每踏上一脚

都如同踏进十万大山

这些时光的舍利子

依然给我石破天惊

3. 在沙滩上写字

在纸上写字

不如在沙滩上写

在沙上写，无须咬文嚼字

无须闪烁其词

想写点什么就写点什么

大不了拍一把水就翻篇

不用担心被乡愿之徒算计

被浩浩荡荡的口水处以极刑

在沙上写字，尽可笔之所指

心之所向，天地鉴之

4. 海

因为辽阔，以致没有故乡

谁理解她的疼痛？

所谓波浪，不过是外力对灵魂的凌迟

一刀，一刀，切片

疼痛蔓延，了无边际

所谓静水流深，不过是

不愿示人的胃痉挛和心绞痛

她所有的表象，譬如湛蓝

辽阔、浪荡

都是善意的谎言

第六辑

繁星点点

动物世界（组诗）

1. 猫

猫收敛利爪和獠牙

提臀，扭胯，用内八字走出直线

就是上得了台面的优雅

只要在台面上摆好姿态

足可掩盖茹毛饮血的历史

2. 蝙蝠（盐老鼠）

盐老鼠啊盐老鼠

就因没长那身鸟毛

即便有翅膀，即便飞翔自如

即便有超声的特异

谁拿你当鸟看

当你无法颠倒世界

且把自己倒挂金钩

3. 萤火虫

那点蓝幽幽的光亮
即便在屁股上
也因为身处黑暗而无比温馨

4. 蝉

切莫小看脱壳
这老掉牙的伎俩
想要长大
就得学会从背后抽身

5. 蛙

没有喉咙并非坏事
胃和口中间不留要害
胃口就可以大一点

6. 螃蟹

高举冒火的钳子

张牙舞爪

只是虚张声势

生活透明

前途的凶险或许是横行由头

倾　斜

水在适当的倾斜中找回活力与快感

山与阳光的彼此倾斜

成就丰富的阴影

生活同样需要适当的倾斜

比如职场、仕途、爱情

都需在倾斜的姿态里找到平衡

把更多的分量给予对方

抬升的则是自己

九　村

郑家院子轻轨站，九村之村

涉嫌盗用乡愁

其村主任之拿手菜乃烤脑花

和莽哥临窗对饮

我坐了上次仲景之座

让过去的我虚位以待

兄弟俩点猪脑花

冠之以花亦难掩其油荤与愚蠢

哥俩击盘而食，以之为公益

谈之，不倒胃口

佐以国宾入戏

对某些历经烧烤之物，亦不再怜悯

欣然而食，微醺，俯瞰站台

某人上，某人下，风轻云淡

列车，周而复始

冰　花

与这场雪无关

与昨夜的凛冽以及天地苍茫无关

这些雪花的残片

带着傲骨、锋利，带着冷

把寂寞排上枝头

隆冬之中，满目的枯枝盛开

我忘记了她的前世和来生

嗅到她凛冽的芳香

和穿石的柔韧

孵　化

我坐在河滩上

孵一窝卵石

这些远离故土的孩子

喜欢骨头挨着骨头

我的余温倘能化开坚冰

就能看清历经柔情似水的顽石

在隐忍了锋芒之后

破壳而出的

是否还是那副铁石心肠

爬梯子

梯子伸向高处，伸向空无一人

一层层梯坎，身体未曾交集

这些不相交的平行线

好像停留在口头上的爱情

很快就走到了尽头

将一步登天分化为步步升高

再摆出平铺直叙的姿态

就能得出四平八稳

那么多人因为攀爬而失足

我往上爬，试图寻找死在顶峰的人

是否死于高处不胜寒

我还得退回到底部

就算有谁想让我摔个跟斗

我也没资格，再摔一次

宽　恕

我慷慨地删除旧账

宽恕肉中刺和眼中钉

宽恕我爱的人一去不回头

命运正为我的坎坷

拟写祭文

我要宽恕我全部的宽恕

看，一只母鸡

正把一枚坏蛋

抱进怀中

鸡鸣茶

鸡鸣三声

风情在一道早茶中醒来

白鹤像举步不前的智者

正琢磨井底与天空的哲学

玄机藏进木鱼

几番敲打，泄露传世的箴言

紫砂是恋爱的高手

引诱一个女人

疏通老茶道

在前河的源头返青

皇室的品位

还在梵音中回响

金口玉牙，咂不出

巴山深处的辛酸

贡茶的工序

与一个女人的优雅

同属非遗

白帝城

历史对时差无能为力

刘备断然想不到

他托孤的江山，以及今世的美人

都落到了我的手上

夔门，显然不算天险

脚下都是江湖

我不知水深水浅

美人也不知

历史的相框里尽是些应景的江山

稳住生活的水位

就稳了这段光阴

反 比

青藏高原的海拔那么高
天空深远，草原辽阔
而居住在上面的那些事物
譬如雪莲、羚羊、格桑花
和牧羊人的梦，都那么紧致
他们按捺住欲望
不让自己发热，膨胀
到底需要多少忍耐
才有如此丰饶的留白

收太阳过冬

燕子离去

把凋零留给了小村

老人靠在山墙上收太阳过冬

他掉光了牙，嚼不碎北风

枯草尖上的一粒寒露

腾空心思

装下一枚小小的太阳

鸣沙山的黄昏

落日款款

目光穿越汉唐的銮铃

在鸣沙山焦渴的浪潮上定格

相思脱水。背影里

一群游子冒充东归的客商

从驼铃的回响中走出

鸣沙之下，刀兵默默

把喊杀声归还传说

请将沾满乡愁的水袖

寄回我的王朝

高压线

秋风萧瑟，成串的麻雀

在高压线上发呆

或梳理羽毛，闲扯家长里短

这轻描淡写的日子

有我不敢触碰的危险

能泰然置身于高压之上的

除了麻雀

还有在矿洞里打牌、喝酒

讲段子的乡亲

食　指

我对食指表示歉意

它粗糙沧桑

还夹带拾粪刨渣的存根

最近，我劳烦它太多

满世界点赞，点交情，点势利，也点喜欢

点得指尖冒火，指脊习惯性弯曲

这并非它的分内之事

它应该持箸握笔

恪尽职守地安抚痛痒

第七辑

希望之星

吾孙滚滚（组诗）

1. 对话

和五个月的滚滚对话
他眉开，眼笑，口型不停变换
小舌头躲闪着
在 O 和 A 之间自由地拉腔
其实，他说的什么
我一句也没听懂
成功的对话
在于姿态

2. 担心

五个月的滚滚啥都往嘴里塞
手指、脚趾、毛巾、玩具
棉柔巾……
唯独不喜欢装着奶的奶瓶
他是否把奶之外的东西

都当成了精神享受？

在强加给他奶瓶时

我不停地叮嘱：民以食为天

民以食为天

生怕他今后

成为一个诗人

3. 追光

在凉爽的树荫下

滚滚兴奋地 O，A，O，A

追着一个小靓女

我正暗暗骂他"好色" 时

发现他的追光

打在小靓女漂亮的滑板车上

如果放纵他这种爱好

他是否会娶回一个富婆

做我的孙媳妇

4. 择人

五个月的滚滚不晓得择人

谁抱就跟谁走

他妈妈担心，要是遇上坏人

怎么得了？她这么说

好像坏人都在陌生人里

而我更担心熟人里的坏人

我犹豫的，是该不该打破

滚滚心中对人的印象

5. 旋涡

滚滚打翻饭碗

还啪啪拍着桌子

明目张胆表达不满

我下意识瞅了自己的饭碗一眼

为了它，我一再降低底线

这一岁半孩子的行为

让我陷入矛盾的旋涡，我究竟

该怂恿他勇敢地表达

还是打压，使之学会顺从

6. 干预

滚滚发烧到 40 摄氏度

医生说，他体内的白细胞

和病毒正在拼杀

不必干涉内政

最好是物理治疗

"无理治疗！" 我差点脱口而出

仔细想想

又觉得医生说得有点儿道理

7. 惹不起

儿媳对着儿子高高举起的

手掌，叫了暂停

那只咬我之后又咬我儿子

的蚊子，大快朵颐

儿媳说：尽它吃饱，你那么胖

再则，免得它再去咬我儿子

可那不知饱足的东西

又叮在了我孙子脸上

我气封了喉

吸我三代之血

啪！一巴掌

拍在自己脸上

忘我空间（组诗）

1. 平娃子

车的碾压是致命的
更致命的是碾而不死
平娃子的伤，最终
落脚在轮椅的脊柱神经上
上山下井承重的双腿仅剩下了沉重
上身驱动下身，双手挪动双脚
才能将两条腿搁上轮椅
双腿和男人均成为虚词
他再也跟不上老婆的步伐
眼看她转岗、离职，头也不回
他伪装大度，不需要同情
把后遗症，留在自己的命里

2. 珍姐

脊柱神经把人一分为二

半截麻木，半截敏感

珍姐和平娃子伤及相同的部位

她摔断腰只是噩梦开始

连续几年，丈夫逐次断腿，断胳膊

肩胛骨碎裂

儿子又摔断了手腕

厄运不断，她拖着残体

给丈夫和儿子熬汤，煎药，做饭

有营养的都省给爷俩

她用对自己的刻薄储存家庭温暖

与平娃子不同

她的伤，属于硬伤

3. 障碍

与珍姐和平娃子相比

这几个孩子显得尤为幸福

上帝垂怜，在他们的思路上打了个结

大脑止于童真，欲望停止生长

而肉身有了成年的标志

是否也有成年的冲动

我为自己的同情感到羞愧

被同情的应该是我

他们不知道自己的障碍

而我知道自己没有障碍

却处处受阻

4. 秋秋

两个肢残，两个失聪，五个智力障碍

这个团队，秋秋起名"忘我"

她俯身其中

教他们制坯，绘图，调漆，起肌理

教他们在大木漆的漆黑里千万次打磨

磨出亮光，磨出自信，磨出我

她真的忘了自己，忘了花季，忘了负重

但她没忘记自己也有一个自闭的儿子

不同的生命波段在此对接，共情

缔造了一个小小的人间

第八辑

大巴山系

独 活

要蓄积多少的忧伤
一棵草才能断舍离，宣布独活

她专注于纤细的茎，隆起母腹
花蕾一般急待分娩

从身体里抽出一片叶子
给予她花的礼遇

也许在今夜，也许在明天的晨雾里
她便举起一千朵细碎的小白花
以烟花的形式，炸开

这治愈的药
一场淅淅沥沥的花雨

隼

一粒迅雷，一个十字架
在数千米的高处，在风口，悬停
全身的翎羽舒展，迅捷扇动
天空，有轻微的震颤——

一个飞翔的灵魂，那么小
做了天的孤证

勿忘草

五片蓝幽幽的花瓣合起来

小如钉帽，但她依然不忘在花瓣中间

绣上一粒洁白的星星。星光在

叶片间闪烁

朵朵小花聚拢，闪动着

多么卑微的爱啊

竹灵消

偏爱清寒的竹灵消
芳名里隐含黛玉的性情

她把积攒一冬的爱
化作一勺金黄的花药
喂给清风

把漫漫长夜蓄积的相思
化作一滴失衡的泪
奉予朝阳

松 针

脚下的松针

依然保持着立于枝头的姿态，纤细、柔韧

依然持有两千米之上的云霞，与天地共情

她曾是月光的莲台、清风的琴弦

体内储蓄着成吨的月色和万亩涛声

也曾经，托雪，挑露，在时光的锋芒上

摇摇，晃晃。如今，体内的松脂到达燃点

给她一缕月光，她会点亮整座森林

山

在山顶看山外山
山们组成向北的雁阵
一组接一组俯向前台
又一层接一层隐退翅膀
生命的波线云烟迷蒙，万山肃穆
那是一尊尊正在接纳香火的佛啊
我站在山顶，只想畅快地
喊一声。不需要回应

花

酸模，独活，紫羊茅，勿忘草
竹灵消和艳丽鸢尾

名字里自带灵气
高处的花卉都懂得内敛

开小朵的花，结细碎的籽
苗长三寸，必扎根一米

敬畏天空的事物，同时
保持着对泥土的信任

牛

各户的牛，与春天一道上山

在高山草甸上拉群

建一个只能维持八个月的圈子

这是牛生最美的岁月

扔掉鼻绳，卸却木枷，远离鞭子

卧草闻香，云雾沐浴

阳光正好时和相好的牛做喜欢的事

不需持证。夜晚，择一处树荫

一边反刍，一边数星星

那头轻扬前蹄、款扭狼腰的犍牛

像舞台上的模特

大地柔软，吃尽了它的蹄声

生命如此舒缓

远离人间，牛自有秩序

它们理解星空和大地的边界

不会迷失

锅底凹的树

锅底凹的树真正读懂了天
放弃了参天的妄想

离星空越近，越安静
懂得矮下来，慢下来
删减枝蔓，修炼筋骨，往深处扎根

风雪迟早会来
生与死，往往取决于自己的姿态

紫花地丁

紫花地丁稳定了自己的心态

不争不抢

就在林子边缘

在别人瞧不上的瘦地

兀自举起一束紫色的小花

舌形的叶片围绕花束排成一圈

享受温馨和浪漫

雨天，它喝点小酒

晕乎乎地摇

月夜，邀少许风月

痴痴地等

像极了圈子边缘的小诗人

在别人瞧不上的地块

酸溜溜地活

竹

一叶胜过百花的，唯有竹

一轮月，一丝风

婀娜摇曳

著色淡无烟啊

它在近于虚无中找到自己

就活在幻影里吧

开花太奢侈

开一次就死

木栅栏

土墙青瓦木吊楼，空空的农舍

跟前站着一圈高矮不一

粗细不均的木桩

它们面色沧桑，木耳和青苔

东一处西一处地长

像深陷暮年的老人，无力对付衰老

几根篾条在木桩间蛇形穿梭

搀扶着摇摇晃晃的乡愁

园子里全是自生自灭的杂草

风、雨、阳光、鸟鸣和月色

凡是被时光淘洗干净的事物

都允许溜进园子

叶子随它们躺，花间随它们嬉戏

你看，人间已是一具空壳

随处是撂荒的灵魂

老屋门前一棵树

它是站着死的

目睹了所有的远离、撂荒和破败

隐形的撕裂无处不在

太细的枝梢经不起时光摧折

早已投胎为泥

几根粗一点的枝杈

如留守老人一样倔强，枯而不朽

把守望进行到底

但我听到了枯枝里的断裂声

轻轻一碰，定会全盘崩溃

土墙、青瓦、木窗格

只是一段尘封的往事

一家大小都离开了

人间烟火被一把挂锁锁死

好明丽的青山

好灵动的溪水

好蓝的天

只有站着死的事物

才配守候这片福泽

第九辑

任河：我血脉的底色

任河·源

长江向东，汉水向南，任河向西，
不同的流向汇成碧波千里。
繁华暗藏隐疾，荆棘捧出鲜花，
任河用全部流程接纳跌宕的命运。

三百万亩林地，两百万亩草甸，
雄鹰用翅膀圈定蓝天。
长江的这条支脉，花香无垠，
流水笙簧，拨动爱的琴弦。

八百里任河，八百里船歌，
八百里炊烟倒悬在鄂渝陕相交的云端。
任河的源头在城口，在东安。
胎音里，涓涓细流如叶脉渗进蓝天。

任河·溯

回溯每一个山头、每一枚叶尖，
露珠是源源不断的伏笔。
乡愁晶莹，草蛇灰线。深秋的叶，
姑娘的裙，孩子的尿布，都是朝圣的经幡。

白雪罩顶，浓雾披肩。入冬了，
你用严冬掩护蓄积在内心的春潮。
春汛必将为我开启行程，
行囊迷茫，期待里隐约风雨之声。

潮流向前，群峰夹道伺候，
大自然给予前行者最高的礼遇。
浮云没入水底，奇葩隐藏林间，
面对追捧，一条河做不到风平浪静。

任河·行

云松站上绝壁，鲜花动用蜜语，
三千三百平方公里都是我的盘缠。
我追寻的日月，
历经陡滩、瀑布、旋涡和深渊。

生而为水，前行即利刃，
切肤之痛，幻灭之音。
多少个朝代被默默送走，
谁能厘清水陆之间的纠葛。

船桨再也找不到丢失的渡口，
肩背扛不起断裂的纤绳。
小鱼和虾米岂能凭一张嘴拯救世界？
历史，从不豢养自慰的水军。

任河·结

别停下前行的脚步，
停下就是断裂，就是噩梦。
沙石失踪，会渗漏多少悲伤？
一条堤坝能蓄积多少孽债？

谁许诺旅程以坦途？
为求一口清水，鳜鱼拼命激流。
蚯蚓断于铲下，一条命，变成两条命，
萤火虫为无娘儿点亮童年。

允许母乳携带泥沙，
允许泥沙拥抱卵石。
孩子在下游花光了碎银，
母亲在任河两岸播种五谷和炊烟。

任河·果

每一条溪流都隐身于山谷,
每一个谷口都险峻逼仄。
山谷里的村庄,
都对苦难讳莫如深。

逼仄的出口连接着开阔的内心,
幸福别有洞天。
村庄是河流结出的果实,
为什么一直拒绝成熟?

山谷一条挨一条,
村庄一村又一村。
大巴山的孩子吮吸着相同的母乳,
懂得相依为命。

任河·思

山万年水万年情义万年，
思念走不出死穴。
我的任河，你
一直是我心中曼妙的少女。

堵得再狠，也不让泪水决堤，
你在大地之上别扭地活着，
只为把我，写成生命的两条支流
——人。

闪电给了苍天一双眼睛，雷鸣
掏出内心的警醒。
洪流生发于内部，
再粗的钢缆也拴不住奔腾。

任河·甘

木门一声吱嘎，
晨光推开山门，
哗啦，哗啦，
朝霞从天际顺流而下。

晨起的母亲和任河，
荡漾两腮红晕。
炊烟再起，又一个艰辛的日子
被母亲点燃。

父亲重新挺了挺腰板，
继续与几亩薄地搏命。
给日子打下的欠条，抵押着劳力，抵押着命。
收获如烈酒刮喉，痛过方知回甘。

任河·戎

据三省之门户名城，
扼四方之咽喉称口。
穷山恶水招引兵匪啸聚，
山寨狼烟千年不熄。

穷日子岂能再经洗劫？
任河教会了大巴山的子民，把生路
退回绝境，
从身体里刨出河床。

绝壁上垒砌寨子，
敦厚里逼出虎豹。
烽火起处，善良的子民
站上刀口，如瀑布般孤注一掷。

任河·道

流水即大道。

肃清淤泥，切除梗阻，

归还一条河的健康。

泪水，蓄积太多就会决堤。

我的祖先不逆天，不失道，

不失上苍的信任。

欺凌和哄骗在洪流里穿帮，

谁能堵截一条河的流速和嗓音。

纤绳和栈道归隐，

历史和卵石一起发呆。

天高海阔，

前方，一块陆冲逐浪而行。

任河·失

"大河涨水小河浑，
紧握镐竿往上撑，
打不到鱼儿我不收网，
捞不到情妹儿我不收心。"

汉子用情歌串通两岸，
在母亲的词典里，婚姻即爱情。
眼泪是痛醒了的水，
生老病死才是人生的真谛。

巴山常绿，任河长清，
父辈的生活正在眼皮底下失真。
允许生活翻新花样，
善待这山、这水、这人。

任河 · 悟

鞭炮开花，玫瑰起火，
李家的姑娘上了张家的花轿。
唢呐刚刚送葬归来，
旋即把欢喜吹上眉梢。

吃席的是同一拨人，
娶来的和送走的经过同样的路。
好比一朵云变成一滴水，
一滴水又变成一朵云。

人心如任河般透彻，
看透了又能怎样？
爱情欠债，
我愿意偿还一生。

任河·信

白布帕，青布衫，
九山半水半分田，
老实巴交的父辈，
就靠这穷山恶水活命。

土巴碗盛不了细粮，
粗肠子刮不下油腥。
卧冰也要赡老，
涮油罐涮盐罐也要待客。

面子是村子里流通的硬货，
口碑贵于贱命。
朴素的山水朴实的山民，
任河的水清，在山野，更在人心。

任河·幻

刚和情郎分开的蜻蜓河面点水，
浣衣的女子在任河淘洗青春。
在生活眼里，
爱情，有多么干净的倒影。

常在河边走，难免湿脚，
难免打水漂。
我手提打水的竹篮，
为日子准备一面滤镜。

任河，我亲爱的母亲。
你这华夏的支脉、神州的骨血。
虔诚的子民，
终会在血脉和姓氏里找回基因。

任河·静

雄起的大巴山拨动所有的簧片，
滴水绷弦，清泉校音。
纵情的河流正在奔赴，瀑布锤击重鼓，
大巴山的胸腔发出浑厚的共鸣。

从舒缓到激越，从天真到沉稳，
多么陡峭的一生。
我在任河的节奏里习步，奔跑，跌倒，
又站立。

眼界越走越开阔，
忧患拉满任河的张力。
我在亿万年历史的回音里，
渐渐安静。

任河·路

道路跟着河水蜿蜒，
从初心到大海需要多少天堑？
路一直在努力，
用一片蓝连接另一片蓝。

绝壁打眼，半空架桥，
山水的关节一节节打通。
任河的出路也是巴山的性情，
负重，不屈，坚韧。

而今，栈道折叠成历史的缩影，
骡马退休，纤绳生锈。
高速和高铁飞虹般直抵人心，
任河，能否做回一条纯粹的河？

任河·盼

还你清澈还你舒畅还你任性，
我必须在救赎你的过程中自救。
给沦丧画出底线，给贪婪封顶。
正常的认知才是可靠的图腾。

给你青山给你子民给你蓝天一顶。
祖辈用骨头垒砌巴山，
小鱼用泡泡顶撞河面，
我无法确定，二者孰重，孰轻。

认识我，放下我，毁灭我，
顺应水的轮回。
母亲在上，
苍生在上……

后　记

诗都喂老了，喂成精了，还没出栏。2017年，莽哥已为我写好了序，终因手长衣袖短，没能付印。也幸好没付印，这几年又长进了些。今再次冲动，明知入不敷出，依旧灯蛾扑火。

我无出众的天赋，亦无持续的努力，写诗十年，唯真诚可表。为人为文，心手合一，写我的亲人、家乡和乡亲，写社会的底层，写我爱的人和事。李元胜先生说："子民的诗为读者提供了大巴山的另一个侧面——世世代代生存于此的人们独特而复杂的经验，它们必须拼合在一起，我们才能看到完整的大巴山。"

十年前结识王老莽，是他开启了我的写作之路，手把手教我写诗。通过他我先后结识了王定天、傅天琳、李元胜、冉仲景、刘运勇、蒋登科、张者、唐力、姚彬、金铃子等一大批文学上的导师，一有机会就从他们那儿舀油。我虽愚钝，但有名师团队的帮扶，作品呈现也就略高于本人天赋。是他们的鼓励让我从麻将桌上抽身，把更多的业余时间用于写作。

感谢我的家人给我信马由缰的空间；感谢我的朋友，感谢城口文联和作协，感谢城口的父老乡亲，是大家的帮助和鼓励，让我写到了今天。但愿今后还能以同样的理由感谢。

至今，我依然是诗歌圈的弱势群体，但除了发表不力，我找不出更多自卑的理由。我坚信自己的写作方向和方式。

说到天上地下，都是废话，最实在的一句话是——我希望这本诗集能出版，且受到读者的喜爱。

图书在版编目（CIP）数据

炊烟与玫瑰 / 子民著. -- 武汉 ：长江文艺出版社，
2024. 12. -- ISBN 978-7-5702-3683-1

Ⅰ. I227

中国国家版本馆 CIP 数据核字第 2024A6Q199 号

炊烟与玫瑰
CHUIYAN YU MEIGUI

书名题字：金铃子
责任编辑：胡　璇　　　　　　　　责任校对：程华清
封面设计：源画设计　　　　　　　责任印制：邱　莉　王光兴

出版：长江出版传媒　　长江文艺出版社
地址：武汉市雄楚大街 268 号　　　邮编：430070
发行：长江文艺出版社
http://www.cjlap.com
印刷：湖北恒泰印务有限公司

开本：880 毫米×1230 毫米　　1/32　　印张：6.375
版次：2024 年 12 月第 1 版　　　2024 年 12 月第 1 次印刷
行数：4078 行

定价：58.00 元
